TOUS LES GENRES DU THÉATRE

ET

SUJETS CORRESPONDANTS

PARIS. — IMPRIMERIE SERRIERE, 123, RUE MONTMARTRE

TOUS

LES GENRES DU THÉATRE

ET

SUJETS CORRESPONDANTS

ÉPITRES EN VERS LIBRES

PAR

CHARLES MAURICE

On ne savait pas,

PRIX : 1 FR.

PARIS

RUE BLEUE, 19

—

1860

!!!!

Des vers!... Où fuir, grand Dieu! où se cacher?... Des vers
en l'An de prose 1860!... Des vers! Mais c'est à se précipiter
tout habillé dans le trou qui mène directement aux Antipodes,
comme Marcus Curtius, avec son cheval, dans le gouffre du
Forum!

— « *Ce Monsieur* est un Classique. »

— *Dulciter*, ami lecteur!...

— « *Vous le voyez, déjà du latin et la vieille forme!...* »

— Permettez que Cléante vous réponde :

— « *Vous n'allez* avoir *que de la prose cadencée, ou des ma-*
» *nières de vers libres tels que la nécessité peut faire trouver à*
» *des personnes qui disent les choses d'elles-mêmes et parlent*
» *sur le champ.* »

C'est tout-à-fait de cela qu'il s'agit ici où le facile emploi des
modes consacrés rapproche étroitement ma version de la langue
que tout le monde parle.

Or, vous n'ignorez pas que l'Epitre admet parfaitement, et
selon la matière, le ton familier, la désinvolture, pour ainsi
dire, de la conversation soutenue, sauf aux savants comme
vous, ami Lecteur, à corriger dans celles-ci, par l'imagination,

ce qui manquerait aux usages de la civilité littéraire et moderne.

Pour vous rassurer davantage, sachez que dans ces à-peu-près seize cents lignes alphabétiques, si *vers* il y a, la plupart du temps vous ne vous en douterez pas, et vous verrez qu'à l'envers de M. Jourdain, j'ai fait de la prose en m'en apercevant beaucoup plus que je ne l'aurais voulu.

Je n'ai rencontré personne qui me répondit sans trébucher à cette question :

« *Combien y a-t-il de Genres au théâtre?* »

C'est que le nombre de ces formes s'élève à *vingt-deux.*

D'abord, aussi effrayé que vous l'êtes à l'aspect d'un alexandrin, j'ai reculé devant la pensée de réunir tout cela en un corps d'ouvrage dont l'apparence didactique ferait peut-être excuser la hardiesse.

Puis, la fatale idée m'étant venu d'écrire cette petite *Cosmographie dramatique* en quelque chose qui ressemblât à des vers, je ne m'y suis décidé qu'après avoir reconnu que l'élévation du style n'était pas indispensable dans un ouvrage de cette nature. — Mais, en même temps, il m'a semblé qu'un peu d'inévitable harmonie ne pouvait que combattre heureusement, soit la sécheresse de plusieurs sujets, soit la craintive uniformité de l'élocution générale.

Ces réflexions consolant mon insuffisance poétique, je ne me suis plus occupé que de l'effet sérieux de mon entreprise : *l'instruction* pour les autres, et non *les applaudissements* pour moi. — Il sont trop verts.

       Fais-je pas mieux que de me plaindre?

LA LITTÉRATURE DE L'EMPIRE.

Ils ont tout dit, quand ils ont dit
Avec dédain et sans esprit :
« *Littérature de l'Empire !* »

★

Ah ! pour elle, messieurs, suspendez l'interdit !
Si ce n'était le mieux, la vôtre c'est le pire.
    Orgueil blessé, dépit jaloux,
    Pour réchauffer cette querelle,
    Ne feront jamais entre nous
Que de votre côté soit le meilleur modèle.

★

    De ce conflit intéressant
    Pour mieux éclairer la pénombre,
Laissez à nos grands noms, de souvenir récent,
Sur les vôtres encor l'avantage du nombre ;
Vous n'en avez pas dix, et nous en avons cent.

Contentons-nous d'espérer et d'attendre
Le jugement de la Postérité;
Elle seule à chacun dit ce qu'il doit prétendre,
C'est le plus sûr dépôt de toute vérité.
Aux descendants de nos grands hommes
Elle apprendra ce que nous sommes
Et ne leur taira pas que vous avez été.

*

Mais, jusque-là, respect à ces chercheurs habiles
Qui, du premier Empire ont fondé la maison
Et rendu, de nos jours, en lumières fertiles,
Les étonnants progrès de l'humaine raison ;
Car la littérature acceptant sans réserve
Du siècle précédent le legs aventureux,
Avec la grande idée a vogué de conserve
Sur la mer où montaient tant de flots écumeux!

*

Si donc, en parcourant le cercle de sa sphère
Sans jamais s'arrêter et d'un soin assidu,
Elle n'a pas laissé ce qu'elle aurait pu faire,
C'est qu'il était trop tôt, mais l'aigle avait pondu.

LA VAPEUR ET LE THÉATRE.

Par la vie en courant que, de nos jours, on mène
  Comme l'oiseau dans l'air,
Quand l'électricité nous pousse et nous ramène
Du Zénith au Nadir, à l'instar de l'éclair,
Tout doit se ressentir de cette grande hâte.
  Aussi, pour ce monde nouveau,
   L'instant perdu se gâte ;
  On semble né dans le tombeau
  Pour y rentrer comme la bombe éclate,
  Sans avoir mis le pied dans le berceau.

*

Le Siècle, qui marchait, à présent se dérate,
  Sa devise est : « *Je suis pressé.* »

*

Et pourquoi ? — Dieu t'a-t-il accordé moins de vie?
  De sa grandeur s'est-il lassé?

Sa miséricorde infinie
Pour tes aveuglements aurait-elle cessé?

★

Non, il n'abrège point les heures, les années
    Qu'il a daigné te départir.
    Les rendras-tu plus fortunées
  Parce qu'au gré de ton fougueux désir,
De l'espace et du temps tu voudras t'affranchir?
Erreur! — Ainsi que nous, ils ont leurs destinées,
    Et le devoir est d'obéir.

★

Il paraît, si j'en crois de profondes pensées,
Que, bien décidément, les choses compensées,
Pour le bonheur du monde il sera d'un grand prix
De hanter le Japon et la Chine à Paris,
Et que, servis au gré de leur impatience,
    Tous nos grands rois de la finance,
    Héritiers du Scythe Abaris,
Centuplent à l'instant l'éclat de leurs lambris.

★

    Trois fois heureux ce Scythe,
   S'il eût vécu de notre temps
   Où le bonheur est d'aller vîte,
    Car pour prix de ses chants,
Il reçut d'Apollon, aux mers hyperborées,
Le magique pouvoir de prendre son essor
Dans les sillons errants des plaines éthérées
    Sur une flèche d'or!

★

Tel le Chemin de fer, prompt et double symbole,
De l'espace qui fuit et du temps qui s'envole.

Mais puisqu'enfin Chinois, Bedouins, Lapons, Hindous,
   Ne craignent plus de se rendre chez nous,
      Au charme de nos bienvenues
      Qu'ils reconnaissent notre esprit.

★

Du théâtre déjà voyez les avenues,
Comme sous le progrès le terrain s'aplanit !
      Chez lui l'étincelle électrique
      A pulvérisé les lenteurs.

★

On ne perd plus le temps à former des chanteurs,
C'était là le travail de l'ancienne boutique ;
      Celui de l'étude est passé,
De ces brillants lingots le vieux moule est cassé.
Plus de Professorat !... Nous avons des usines
      Avec talents en fusion,
Où l'on fait des ténors pour les fourches caudines
      De la plus haute pression.

★

Machines à leur tour, fortes locomotives
      A soupape et jet continu,
Ces modèles charmants puisent leurs forces vives
Dans un tunnel de gorge invisible à l'œil nu,
D'où s'échappent, tantôt à petite vitesse,
      Et tantôt à toute vapeur,
      Des sons d'une aimable faiblesse,
      Ou des tonnerres en fureur.

★

Qui veut serrer les freins passe pour imbécile,
      Les entendeurs sont clair-semés,

Et c'est de débarquer plus ou moins déformés,
Ce qu'on y voit de plus facile.

★

Pour résultat, sur ce parcours,
On a changé d'allure et de discours.
Dans les traités de toute sorte,
Et d'après ce qu'on nous rapporte,
Voici les premiers mots
Du Directeur à l'artiste en visite :
« *Ah ! vous chantez, monsieur ; c'est bon, dites-moi vite*
» *A combien de chevaux.* »

AUX COMEDIENS DU PREMIER THÉATRE.

C'est une immense erreur, au Théâtre-Français,
De croire succéder à ces riches natures
    Pour qui l'oubli n'a point d'injures
Et dont le souvenir nous dit les grands succès.
Pour mériter l'honneur d'un pareil héritage,
C'est à d'autres devoirs qu'il faudrait recourir.

            ★

Voyez ce que de l'art nous laisse le naufrage :
Le Drame, le Proverbe, enfants d'un sot loisir,
    La Comédie en verbiage,
    Le Vaudeville déguisé,
    Le bel-esprit mal aiguisé,
Le sans-façon grossier du moderne parlage ;
Ces siéges, à l'envi, sur la scène trottant,
Pour former à la course un acteur haletant,
Ou bien feindre l'obstacle exprès mis au passage,
Pour apprendre à marcher aux enfants en bas-âge ;

Et cet abus si révoltant
De cigares fumés au nez des spectatrices,
Et ce dos qu'au Public on montre à chaque instant
Sans redouter l'effet de ses autres indices !

*

Laissez à Montigny, d'un mépris souverain,
Les puérilités de son théâtre-nain ;
Il doit être en lui-même, et pour nombre de causes,
Tout fier du grand succès de ces petites choses.

*

Ne copiez personne et portez-le plus haut.

*

Vous, messieurs, c'est de l'art, de l'art vrai qu'il vous faut,
Du sens, de la grandeur, du bon goût, des préceptes,
Le bonheur de sentir Molière et ses adeptes.
           Ce qui ne vous empêche point
           D'ouvrir à deux battants vos portes,
           Non aux auteurs de toutes sortes,
Mais aux jeunes esprits façonnés de tout point
Pour être remarqués dans vos nobles cohortes.

*

Alors, sans doute alors, ils seront mérités,
Ce titre, ces honneurs que vous sollicitez
Comme si vous étiez Baron, Lekain, Larive,
Molé, Talma, Brizard, et Préville et Fleury,
Dumesnil, Lecouvreur, Contat, Mars et Joly,
Grands noms que dit toujours notre scène plaintive !

*

Non, non, vous n'avez rien de ces Titans fameux,
Qui résument encor tout le théâtre en eux,

Sous l'emblême de l'immortelle.
Toutefois, il est juste aussi qu'on se rappelle,
    Messieurs, que vous seuls, entre tous,
Avez, du feu sacré, conservé l'étincelle,
Et du goût corrupteur souvent paré les coups.

★

Poursuivez... Marchez donc ! Soyez dignes de nous,
Vous nous consolerez de tant d'efforts si tristes,
Et les arts vous diront (plus heureux que jaloux) :
« Vous étiez des *acteurs ;* vous êtes des ARTISTES. »

LA COMÉDIE.

La Comédie échappe à nos démolisseurs,
Ils n'ont pas prononcé contre elle l'ostracisme
Qui de sa sœur mourante a frappé l'héroïsme.
De son pâle flambeau tombent quelques lueurs
Qui promettent encore, à défaut de grands hommes,
       Des talents
       Suffisants
Pour obtenir un nom à l'époque où nous sommes,
Et préparer la Muse à gravir les hauteurs.

            *

De là, jusqu'à la gloire, il n'est qu'un pas peut-être ;
Mais qui l'entreprendra dans nos jours contempteurs,
Où, cédant, l'un et l'autre, au besoin de paraître,
L'esprit enfant du chiffre et l'esprit de parti,
Chacun en avocat de l'ordre travesti,
Se disputent le monde et tarissent la source
Où des hardis penseurs s'abreuve le troupeau ?
Apprend-on les beaux-arts dans les plis d'un drapeau,
Et le savoir écrire aux clameurs de la Bourse ?

Mais le Simoun s'apaisera,
Croyons-en la puissance
Du Dieu qui protége la France
Et le règne brillant des lettres renaîtra.
Peut-on trop cher payer la gloire?

★

Et, comme dans les champs où passa la victoire,
On trouve en creusant les sillons,
Des dépouilles, du fer, de l'or même et des armes,
Nobles débris des bataillons
Tombés pour rassurer les peuples en alarmes,
De même, il reste encore à qui sait les chercher,
Des récoltes sur cette terre
Qu'on se plaît à voir défricher
Par les Cultivateurs rassemblés au Parterre.

★

Travaillez donc, prenez le soc,
Allez, du vallon jusqu'aux cîmes,
Sans trop l'endommager, faites sauter le roc,
C'est-à-dire avancez, sans heurter les maximes,
Et ne vous lassez point des longueurs du sentier.

★

Rude sans doute est le métier;
Mais croyez-vous qu'à votre place
Molière aurait été le premier de sa race
S'il eût couru festins, bals, concerts, Opéra,
Affiché sa personne au bras d'une grisette,
Et jusqu'à l'aube, enfin, joué le Baccara,
Comme si, pour dormir, la nuit n'était pas faite?

2

Chaque heure a ses devoirs, son repos, ses plaisirs ;
Mais le génie aussi, tourmenté de son œuvre,
Veut, dit-on, que le temps se plie à ses désirs.
Eh bien ! que le Public, excusant vos loisirs,
Pour *pensum*, à chacun, n'impose qu'un chef-d'œuvre !

LA COMÉDIE-BALLET.

Béni soit le trait-d'union
Qui rend possible à ma prose rimée
La difficile occasion
De placer dans un vers, sans en être blâmée,
Ce double mot de *Comédie-Ballet*
Séparé par la règle et joint par l'*e* muet!

*

Ce genre glacial à peine né viable
Que Saint-Foix cultiva sans y rien ajouter,
Quand Molière eût prouvé qu'il était intraitable,
Déjà, sous ce grand nom, n'avait pu s'abriter.
Qu'en dirait aujourd'hui le Prince *inamusable*,
Si parmi ses plaisirs il fallait le compter?

*

Je le dirai plus loin, s'il faut me répéter,
La Comédie est sage, au fond, et sa parole
En cent endroits porte un enseignement,
Quand *la Danse*, étourdie et toujours un peu folle,
Se rit de la morale et du raisonnement.

Chacune à part et dans sa place,
Doit trouver des approbateurs.
L'une en charmant ses auditeurs
Initiés aux traits de sa grâce efficace,
Et l'autre, par l'effet de sa mutine audace.

★

Mais les vouloir accommoder,
De quelque façon qu'on s'exprime,
Jusqu'à ce point qu'elles puissent s'aider
(La première en usant de sa voix pour plaider,
Et la seconde en pantomime)
A bien remplir le double emploi
De plaire aux yeux, d'enchanter les oreilles,
En se courbant sous une même loi,
Le temps n'est plus à des beautés pareilles.
Soyons du nôtre.—Il est le plus heureux,
Puisque, d'un seul plaisir, il sait en faire deux.

★

Au reste, ce métis, de succès transitoire
Était sans doute à son début,
L'essai d'un mieux qui pouvait faire croire
Au décevant bonheur d'atteindre un double but.
Il s'est trompé ; mais sa mémoire
N'est point indigne de salut,
Si ce n'est plus de l'art, c'est au moins de l'histoire.

LA TRAGÉDIE.

« *Elle est morte, bien morte, avant l'heure suprême.*
    Ce bel arrêt est sans recours.
        Ce n'est plus elle que l'on aime,
« *Le Public veut du drame et du drame toujours.* »

★

Ainsi vous nous parlez de cette Tragédie,
        L'orgueil des âges précédents ,
        De ces hommes que le génie
        A faits si rares et si grands,
Euripide, Sophocle et la race héroïne
Qui, d'Eschyle à Corneille, arrivant à Racine,
Ont placé le Théâtre auprès des monuments
Inflexibles vainqueurs des offenses du temps !

★

    Morte... vraiment? Vous l'avez donc tuée !
    Hier encor, des bruits mystérieux,

Comme il en vient à l'âme remuée,
Trompant mes sens et fascinant mes yeux,
Me ramenaient aux temps des grands pensers tragiques.

★

Je dormais. — Assailli d'illusions magiques,
Je retournais à ceux que le Théâtre aima.
Dumesnil et Clairon me racontaient Racine,
Au bras de la Gaussin je parcourais Médine,
J'applaudissais Lekain, je revoyais Talma;
Saint-Prix, le roi des rois, m'attirait vers la Grèce
         Pour m'éblouir de son pouvoir ;
Duchesnois, d'Hermione exhalait la tendresse
         Et j'acclamais son désespoir.
Enfin, ce fier cortége, étonnant météore,
Qui, de l'auguste scène illumina les jeux,
M'apparut tout entier, et de l'écho sonore
Les voix qui m'inondaient de leurs sons fabuleux
Me semblaient, dans le ciel, au lever de l'aurore,
         Le chant des Bienheureux.

★

Si la séduction d'un songe est si touchante
Qu'elle puisse survivre aux erreurs du sommeil,
         Quand la raison n'est plus absente,
         Que produirait donc au réveil,
         Le majestueux appareil
         De la réalité vivante?

★

La Tragédie est mal, et ses revers sont grands,
Mais elle n'est pas morte, ainsi que vous le dites,
Puisqu'une femme seule, et pendant dix-huit ans,
Présent trop incomplet des flancs israélites,

Sans être secondée, a su, de ses accents,
Défendre et maintenir, aux clartés de la scène,
L'autorité de Melpomène,
Sous les yeux d'un Public aux efforts impuissants
A rendre plus pressants
Les exemples de la sirène.

★

En espérant toujours, courons à l'avenir.
Avec l'aide du Temps viennent des interprètes
Qui sachent admirer, se convaincre, sentir,
De l'art qui dépend d'eux assurer les conquêtes,
Et, tout en le servant, eux-mêmes se grandir;
Peut-être alors le siècle, avant que de s'enfuir,
Sur le tragique autel célébrera des fêtes
Qui recommenceront pour ne jamais finir.

LE DRAME ANCIEN.

Des genres approuvés, cynique hermaphrodite,
Tu vis en empruntant quelque chose à chacun,
Bon moyen de savoir se passer de mérite
Et d'être, sans rien être, un à peu près quelqu'un !
    Mais est-ce tout que vivre sur parole
    Sans espérer de jamais faire école?

           ★

Ta cause est bien jugée, et le mot ingénu
     Qui, sur ton acte de naissance
     À consacré ton importance
Quand il t'a déclaré *fils d'un père inconnu,*
T'a clairement donné pour patron, le silence.

           ★

    Si cela peut amoindrir ton effroi,
    Sache pourtant que, malgré sa jactance,
    Ton cher puîné ne vaut pas mieux que toi.
     Il se montre si bien ton frère

Par tout ce qu'il ajoute à la succession,
Que l'art est, grâce à lui, sur le bord du cratère
    Et va tomber plus bas que terre
    A la prochaine éruption.

★

    Sans se douter qu'il se fourvoie,
Le nain se fait géant, se gonfle et se déploie
D'un bout du monde à l'autre, en actes, en *tableaux*,
Comme un serpent de mer apercevant sa proie,
Qui, pour mieux l'enlacer, déroule ses anneaux.

★

Le livre est devenu machine de théâtre,
Le chapitre s'écrit à grands coups de ciseaux,
Ce qu'on faisait en bronze, on le refait en plâtre,
Et tous ces changements, nous dit-on, sont fort beaux....

★

Halte-là ! Ton cadet pourrait me reprocher
    De violer son territoire
    Si j'allais trop m'en approcher.

★

    Pour en finir, examinons l'histoire.
Quels ont été fameux au nom du Drame ancien?
Diderot, Beaumarchais, Mercier et Lachaussée,
Leur Muse, brillamment dans ce stras enchâssée,
Rêvait le Panthéon, et qu'en reste-t-il?—Rien.

L'OPÉRA-COMIQUE.

Le petit *Opéra* qu'on appelle *comique*
    Et qui, souvent, pousse au noir ses effets,
Est peut-être, de tous, le plus riche d'attraits.
Né dans une baraque, et, plus tard, en boutique,
Maintenant il habite un somptueux palais;
C'est de nombre de gens l'histoire assez plaisante.

★

    De l'origine il se contente
      Et n'en est pas plus fier,
On le voit aujourd'hui ce qu'il était hier,
    Politesse un peu monotone
    Soit en été, soit en hiver ;
   Mais, dira-t-on, un cadeau devient cher
Quand, ce qu'elle a de mieux l'amitié nous le donne.

★

Est-ce sa faute à lui si nos musiciens,
    Ayant toujours la même forme prête,

En motifs rebattus dépensent tous leurs biens
Et sont cause qu'au lieu d'avancer, l'art s'arrête ?
Témoin ce résumé de leurs communs moyens :

★

Le chant de la douleur, celui de l'allégresse,
Des mêmes mouvements sont à la fois empreints.
La Paysanne *roule* un bel air de princesse,
Pendant que le Marquis, par mille tours d'adresse,
    S'égare en alibi-forains.
Le *Valet* décalqué, pseudo-caricature,
Pour rappeler Martin, se met à la torture ;
L'*Ingénue* aime et pleure en cherchant au hasard
A donner à sa voix l'élan du *grand écart ;*
La *Duègne* chevrotte aussi la fioriture,
Et tout ce bruit confus, Rossinisme bâtard,
Nous conduit, sans relâche, à la perte de l'art.

★

Oh ! du fécond Grétry que la science est grande !
Elle est toute inspirée et produit de plein saut
    Ce que la vérité demande,
Rien de plus, rien de moins, et toujours ce qu'il faut

★

    De leur côté, nos *Paroliers* lyriques,
Pour bien s'assimiler aux systèmes nouveaux,
    Chantent l'amour en vers archi-tragiques,
      La colère sur des pipeaux,
      Et le ramage des oiseaux
Comme on dépeint la foudre aux grands coups électriques.
    Littérature entre deux eaux.

Mais quant au genre en soi qu'exploite le théâtre,
C'est un joli bijou qu'on a lieu de choyer.
       Sans en être idolâtre,
On aurait du plaisir à le voir chatoyer
Si ces mêmes auteurs qui se disent poètes,
Inventaient davantage et ne se bornaient pas
      A broder sur des canevas
      D'insignifiantes bluettes,
      Ou de gros drames à fracas,
      Choses également sujettes
      A mettre en un grand embarras
L'orchestre qui, dans l'un ou l'autre de ces cas,
      En proie à des craintes secrètes,
Parle son idiôme, ou trop haut ou trop bas,
Pour que ses volontés nous paraissent bien nettes.

           ★

On y viendra, probablement,
Jusque-là, patience, et courageusement!

LE DRAME ACTUEL.

Les JEUNES avaient dit : « *Nous sommes les plus forts :*
   Le talent se mesure à l'âge ;
 Pour bien écrire il faut de beaux dehors,
Ce n'est qu'à dix-huit ans qu'on est savant et sage. »

★

Alors ont commencé, pour la honte de tous,
   Ces bacchanales littéraires,
Cette danse macabre où les morts et les fous,
Exhumés, furieux, outragés, téméraires,
Méditant vingt projets, n'en finissant aucun,
Ont affligé nos yeux et lassé nos oreilles
   De soi-disants merveilles
  Qui n'avaient pas le sens commun.

★

Mais déjà leur esprit, en courant ces bordées,
  Comme un vaisseau qui va périr,

Etait plagiaire en idées,
Car ce *nouveau* qu'ils croyaient découvrir
Remontait aux premiers bégaiements du théâtre,
Et, prenant pour du neuf d'agonisants retards,
Les *Jeunes* se faisaient *vieillards*.

*

Fier à plus de raison, leur style gentillâtre
Portant dagues, plumets, paillettes et brocards,
N'était, au fond, ni vers, ni prose,
Brillait, papillotait non sans quelque agrément;
Ce n'était rien, pourtant on eût dit quelque chose,
Tant a pour nous de prix le plaisir d'un moment.

*

Enfin ils ont passé, ces ouvrages *célèbres*,
Du mélodrame pur enfants dégénérés,
A nos meilleurs écrits bruyamment comparés,
Et leurs restes funèbres,
Maintenant ignorés,
Dans le royaume des ténèbres
Sont pour jamais rentrés.

*

N'en attendons plus rien. — Ces écrivains terribles
Nous ont assez prouvé qu'ils étaient impossibles.
Ils sont vieux à leur tour, le temps les a gagnés,
Et leur troupe aux abois, toujours si peu nombreuse,
Subit la pitié généreuse
De ceux qu'ils n'ont pas épargnés.

*

L'âge n'est donc, en affaire semblable
Où le juge aurait tort s'il était bienveillant,

Q'une raison plus ou moins acceptable
Lorsqu'à mérite égal se produit le talent.

★

Mais du *Drame actuel* la réussite est grande,
    Le fait ne peut se contester ;
Sans doute il est puissant, cependant il s'amende
    Devant le droit de discuter.
    Que sont ces cris, ces airs de fête
De la foule bêlante, à courir toujours prête,
Si ce n'est le besoin de s'illusionner,
En voyant, par ses yeux, ce qu'à *la Comédie*
Bon ou méchant, le goût accepte ou répudie?

★

Puis le chemin de fer, avide à sillonner
De l'éclair de ses rails les routes de province,
Où l'heureux citadin, voituré comme un prince,
Se délecte à penser que les jeux et les ris,
Très pressés de le voir, l'attendent à Paris,
Séjour couleur de rose et qui doit tant lui plaire,
Parce que *c'est Paris*, le bonheur sublunaire.

★

Cette masse exotique assiége de ses flots
Les théâtres surtout, où, du haut des banquettes,
Formée en Cour d'appel pour juger ses journaux,
Elle casse, confirme, et.... grossit les recettes.
Tels sont les éléments de ces bruits pleins d'appas
Pour qui, de nos maisons, ne connaît point les êtres.

★

Par eux, on réussit; mais on ne reste pas,
Et c'était à rester que s'appliquaient nos maîtres.

LE PROVERBE.

Aux prétentions qu'il affiche
En se donnant des airs de Théâtre-Français,
A voir ce dangereux progrès
Des complaisances de l'affiche,
On pourrait croire en plus d'un lieu
Que Molière n'est rien qu'un malheureux prophète
Dont le nom oublié végète,
Et que le seul *Proverbe* est Dieu.

★

On conçoit qu'un instant pareille erreur chatouille
La gloriole d'un roquet
Dont on rabat en deux mots le caquet
Par l'histoire et la fin de certaine grenouille
Que, dès longtemps, tout le monde connaît.

★

Or, le *Proverbe* est, en littérature,
Ce qu'est l'esquisse à la peinture,

Une tentative, un essai,
Premier mot d'une idée, et qui n'a rien de vrai,
Si l'art ne vient ensuite et ne la transfigure.

∗

Son exiguité
N'est pas ce qui le rend tout à fait inhabile
A se voir justement cité
· Auprès de l'ouvrage inventé,
Soit agréable, soit utile,
Que lira la Postérité ;
Nous avons des auteurs qui vivent d'un distique,

∗

C'est la haute pensée, ardente à s'exprimer,
C'est le but, le moyen et même l'art pratique,
Qui, de leur souffle pur, sachant tout animer,
Consacrent les arrêts, lents à se confirmer,
Que Délos attendait de la Sybille antique.

∗

Le *Proverbe* n'en veut pas tant,
Car le soupçon d'une pensée
Qui se prétend nouvelle et n'est que délaissée,
De sa petite base est l'objet important.
Son style est tout trouvé, les salons le procurent ;
Tel leur esprit le donne, et tel ils le reçurent :
C'est du vieux rajeuni
Et du jeune vieilli,
Afin qu'à l'unisson tous les goûts en murmurent.

∗

Le paravent, doué de l'ubiquité,
Place en tous les pays la scène à volonté,

Et, de par les acteurs du facile cénacle,
On est, ou, si l'on veut, on n'est pas au spectacle.

*

Là ! voyons, sans sévérité,
Tout ceci n'est-il point un retour vers l'enfance
Où, chez la Grand'maman qu'on ne pouvait fâcher,
A tout le mobilier de la chambre à coucher
Nous empruntions, pour la séance
De notre théâtre impromptu,
Un décor tout entier de Chinois revêtu ?

*

Suffisamment guidés par sa bibliothèque,
Nous changions ses paniers et ses vertugadins,
Sa camisole même, en costumes romains,
Et ses bonnets montés en bandeaux à la grecque.

*

Le *Proverbe* est le même aujourd'hui qu'en naissant.
Ce Théâtricule incommode,
Qu'autrefois Carmontelle avait mis à la mode
Et qu'a ressuscité Buloz en le faussant,
N'offre qu'un très long rabâchage
De ce qu'il a trouvé pendant son maraudage
A travers les écrits, plus ou moins imparfaits,
Dont il émiette les sujets
En les décolorant par son froid bavardage.

*

Plus encor. — Cet ingrat, reniant son patron,
Des maximes de Salomon

N'embellit plus son étroit frontispice,
Et pour essuyer son limon,
Avec la *Comédie* il veut entrer en lice.

★

C'est donc pour nous le cas d'invoquer le *tacet*
Du *quod abundat non nocet,*
Afin que ce mangeur de tous ses blés en herbe
Sache bien qu'il a trop fait mentir ce proverbe.

L'ACADÉMIE IMPÉRIALE DE MUSIQUE.

Notre Opéra, comme il a lui !
O le bel astre !
Mais aujourd'hui,
Affreux désastre !
Ce n'est plus lui.
Il ne chante pas, il roucoule ;
L'art, qui naquit chez nous, s'est fait italien,
Et l'apostat a renié la foule
Pour le suffrage ausonien.

★

Ce qu'il avait de dramatique
Etait au rang de ses plus doux attraits,
Et voilà des acteurs d'incroyable fabrique,
Qui, de l'ouvrage entier, dénaturant les traits,
Jargonnent la musique
Et baragouinent le français !

★

Est-ce donc là ce monument illustre

Qui, par Louis Quatorze patenté,
Devait éclairer de son lustre
La dernière Postérité?

*

Lully lui-même, Italien sincère,
Mais de notre art comprenant les besoins,
N'eût pas voulu qu'on accusât ses soins
D'un si dur sacrifice à la gloire étrangère.
Sous lui, la scène avait des coups brillants et vifs
Dont souvent l'âme était émue,
Et maintenant la nôtre, à ce point descendue,
N'a pas même un Concert à grands récitatifs.

*

Huit cents Dilettanti (je fais bonne mesure)
De la métamorphose ont lieu d'être contents,
Ce sont, sans contredit, de fort honnêtes gens;
Mais soit pour l'Italie ou pour l'Estramadure,
Sans leur souhaiter d'accidents,
On voudrait les voir en voiture.

LA DANSE.

D'Elsler et de Taglioni,
Le double orgueil de ces célèbres planches,
Les succès sont passés et le règne est fini.

*

La Danse accréditée est dans le jeu des hanches,
Le *Boléro* prend le dessus,
Il est le maître, et par ses arabesques,
Il ne dessine rien que des poses grotesques
Dont la place publique aujourd'hui ne veut plus.

*

L'art qui recule est mort. — Jamais la décadence
N'a pu voir, repentante et s'accusant d'erreur,
Vers son point culminant remonter la splendeur
Qui d'un pas en arrière eut commis l'imprudence.
Il faut à ce retour, des siècles de bonheur
Et la main de la Providence.

Si la Danse périt, c'en est fait de l'estime
      Qui, même en ses plus grand abus,
A sa frivolité tenait lieu de vertus.
Et sur ses fondements asseyait un régime.

★

Tâchons de revenir à ces jours révolus;
      Travaillons-y. — Rien ne s'oppose
   A ce qu'au moins on tente cet effort :
Quand il s'agit du bien, vouloir est quelque chose,
Mais ce n'est tout. — C'est pourquoi je crains fort
   Que l'on n'échoue, et je vois sur la route,
      Plus d'un obstacle se dresser.
      On est très mal, sans aucun doute,
      Quant on ne sait, et somme toute,
Ni quelle œuvre bâtir, ni sur quel pied danser.

LE BALLET SIMPLE.

J'ai déjà dit ce que je crois utile
De l'état où se trouve en ces tristes moments
    Therpsichore (*vieux style*),   .
Victime de l'oubli de ses anciens amants
      Dont la pensée est paresseuse,
        Philosophes plaisants,
     Pour qui, selon les goûts présents,
La Danse toute entière est dans une danseuse.

✱

Mais quelle tâche aussi, pour vous, ses desservants,
      Traducteurs des zéphirs
       Qui n'avez d'autre guide,
       Que les doux souvenirs,
Comme on disait jadis, de *Paphos et de Gnide !*
Quel devoir que celui de plaire sans parler,
      De ne pouvoir gesticuler
    Ni presque marcher qu'en mesure,

Et rire encor, pour comble de torture !
Je sais qu'on vous permet des jambes et des bras,
Mais à condition qu'en parfaits dramatistes,
    Vous ne vous en servirez pas
    Sans le concours des symphonistes
    Que vous voyez du haut en bas.

*

    Ah ! je conçois qu'en un état semblable,
        N'ayant autre chose à penser
        Et donnant le théâtre au diable,
        On ne *s'entende* pas danser !

*

        Par un soupçon diffamatoire,
        Indigne de tout bon chrétien,
        On vous dit sots. — Je n'en sais rien ;
Mais est-ce donc fort difficile à croire,
        Lorsqu'un travail stupéfiant,
        Plus pénible qu'édifiant,
Tient en prison votre imaginative
Et fait que le talent venu, l'esprit s'esquive ?

*

    Dans mes jours de pudeur et de sincérité,
Le premier de nous tous, attaquant les coutumes,
J'ai blâmé ces messieurs aux féminins costumes,
Bras nus, tunique claire, un bandeau pailleté,
Prodigues de cliquants, de vermillon, de plumes,
        Leur estomac décolleté ;
Qui, privés de l'organe ami des doux langages,
      Représentaient, sous les mêmes habits,
        Sans rien changer à leurs visages,

Les peuples de tous les pays
Et les danses de tous les âges.

*

Le Ballet-simple est donc mal servi par le sort
Et n'offre qu'un mourant, si ce n'est même un mort.
        Mais si ses légataires
        Le dégagent de ces vieux *us*
Qui font de lui, sous formes légendaires,
            Soit un instrus
            Désagréable,
            Soit un rébus
            Indéchiffrable,
Rien ne peut empêcher qu'un ouvrage pareil
Ne prenne en d'autres temps une place au soleil ;
À moins que le désir de demeurer à l'ombre
Ne le fasse classer dans le genre *Concombre*.

LE BALLET-D'ACTION.

Mélange ambitieux de chaque répertoire
Que partout on cultive entre petits et grands,
Le *Ballet-d'action* trafique de la gloire
Et des agents d'autrui fait ses propres agents.
      Ses procédés sont différents,
      Mais c'est toujours la même histoire.

*

Le *Tragique*, insulté par de sots entrechats,
Le *Comique*, ahuri des tours de pirouettes,
Et le *Drame*, tous trois contraints aux plagiats,
      Vainement changent de toilettes,
      Leurs partisans ne s'y méprennent pas,
Au total ce ne sont que prisonniers pour dettes.

*

La *Musique* et la *Danse* ont beau se cotiser
Pour aider au succès de cette macédoine,
On aime mieux les voir se populariser
      En vivant de leur patrimoine.

La *Pantomime* est là dans le meilleur endroit
Que l'on puisse assigner à gens de bonne mine
Dont le corps s'habitue et même s'accoquine
   À savoir marcher droit,
Tête haute, les bras en cercle, et la rotule
De celle d'Apollon prétentieux émule,
  C'est le Danseur dans tout son droit.

     ✻

S'il ne trouve moyen de changer de formule,
Le *Ballet d'action*, ou grave, ou sémillant,
Est et sera toujours du genre turbulent,
   Très nébuleuse mosaïque,
   Qu'on peut traiter avec talent,
Mais qui n'a ni couleur ni portée artistique,
   En un mot, un centon
Dérobant à plaisir la Fontaine, Aganippe,
La Fille mal gardée en est le meilleur type;
Mais il ne nous a pas laissé de rejeton,
Et l'on craint, quelque effort dont la verve s'avise,
Qu'on ne fasse pas mieux, ni peut être si bien
Qu'une peinture ou l'art semble n'être pour rien
   Tant la justice veut qu'on dise :
C'est dans la vérité que Dauberval l'a prise.

     ✻

Finissons en disant, à titre de jurés,
   Fonction temporaire,
Qu'il vaut mieux s'adonner aux genres honorés,
Quand on cherche sa place à côté des lettrés,
Et que, si *le facile* a le don de nous plaire,
Rien ne peut l'être autant que de n'en jamais faire.

LE THÉATRE-ITALIEN.

Théâtre, si l'on veut ; *Salon*, mieux défini,
Où presque tout commence et se termine en *ni*,

*

Le galant rendez-vous d'un Public bien verni,
De patience, à fond, dans ses loges muni,
Partisan d'un plaisir pris en catimini
Dont l'attrait principal sent son macaroni,
Ne s'attend pas sans doute à ce qu'il soit béni
Par le dieu que notre art a largement fourni
Des genres où le cœur, à l'esprit droit uni,
    Dans l'avenir vivront à l'infini.

*

    Mais sans vouloir qu'on l'eut banni
    Ni le moins du monde honni,
Il faut que ce concert, enfant de Rossini,
Dont les échos encore écoutent Rubini,

Par le travail soit rajeuni,
Et contre la routine en un mot prémuni,
Pour que le Dilettante aux masses réuni,
Ne soit de sa présence injustement puni
Par un spectacle racorni
Et d'uniformité si froidement terni
Qu'à peine il serait bon pour un Fantoccini.

★

Il importe de plus, tout obstacle applani,
Que rien ne semble désuni
Et qu'on n'impose point à la voix d'Alboni
Le dramatique effet de la Fretzzolini,
Non plus qu'à toutes deux le rang indéfini
Que tint jadis Crescentini.

★

Ainsi faisait chez nous le bon Sévérini,
Qui n'était pas un Sacchini,
Mais dont le jugement s'était fort assaini.

★

Alors, les insuccès, de leur front rembruni,
Au légitime espoir ne diraient plus : *nenni !*

★

Et maintenant, Signors, par mon brouillamini,
Je gagne la gageure en mettant : « *c'est fini.* »

LE VAUDEVILLE.

A l'instar du Coucou, cet oiseau sans façon
Qui, dans le nid d'autrui va déposer sa ponte
    Et n'éprouve pas plus de honte
    Qu'il ne redoute une leçon,
Le Vaudeville a mis tous ses œufs dans le *drame*,
    Il y fait noir comme en un four.

★

Le Seigneur suzerain a des serfs, une Cour,
Créneaux et pont-levis et gondolier qui rame
    En chantant au pied de la tour,
    Suivant *l'us* de l'ancienne gamme,
Pour que la prisonnière apprenne par sa voix
Qu'elle est toujours l'objet aimé d'un beau Dunois.

★

    Si ce n'est à la lettre
L'espèce de sujets qu'il aime à se permettre,
    C'en est bien le semblant,
Assez pour en juger par un équivalent.

*

Voilà du galoubet quel emploi fait le traître !
Il avait un état, une possession,
De l'esprit, des talents, vivait, était son maître,
Et, de ses gais refrains charmait la nation.

*

Maintenant, sous le joug d'un bizarre système,
    Bafoué, triste, exilé même,
Comme la Tragédie (autre immolation
    De ce principe qui vous tue
Avec le piédestal jeté sur la statue),
Il s'en va sans oser résister aux vainqueurs
    Ni leur crier en face :
    « Je cède à vos fureurs ;
» Mais enfin, pour répondre à de justes terreurs,
» Mettez donc quelque chose ou quelqu'un à ma place ;
    » Car si toujours vous détruisez,
    » Vous qui jamais ne produisez,
» Ce peuple, le premier dans les arts, dans la gloire,
» Est-ce avec des gravois qu'il écrira l'histoire ? »

LA COMÉDIE-VAUDEVILLE.

Dans le calme examen des œuvres de la scène,
Plus on avance, et plus on reconnaît
Que, noble, fier, exempt de gêne,
L'art se dessine d'un seul trait.
Les fractions et les hachures,
Indices de faiblesse ou de manque de foi,
Ne méritent que des censures,
Unité dans le beau, c'est la première loi.

★

Telle nous la voyons briller de tout son lustre
A chaque mot, à chaque pas
De ce maître à jamais illustre
Que l'on admire et qu'on n'imite pas.
Et pourtant Poquelin lui-même,
Tristement convié
Par le besoin de plaire au Pouvoir ennuyé
Qui s'asseyait au rang suprême,

De son vaste chemin a parfois dévié ;
Mais ce n'était pas là qu'il mettait ses chef-d'œuvres.

★

Moins modestes, chez nous, les auteurs *à demi*,
　　　Ce qu'on appelle les manœuvres,
　　　Dont le travail est l'ennemi
　　　Parce qu'ils souillent son domaine,
　　　(Chauves-souris de Lafontaine)
Se posent sans façon en auteurs tout entiers
Quand sur un seul écrit, trois ou quatre ouvriers
Se sont évertués à bien grossir les listes
De ceux qui tiennent mal dans tous les ateliers
La scie et le rabot de nos vaudevillistes.

★

Pourquoi tant de faiseurs, quand on peut n'être qu'un ?
　　　Humiliant compagnonnage,
Vrai métier de maçons partageant un ouvrage
Que, seul, on réussit, et qu'on gâte en commun,
Qui prend une moitié de son bien à quelqu'un,
Puis, fait envers un autre, un vol de même espèce,
Et tout ce vain tracas, pour produire une pièce
Qu'entre les connaisseurs désapprouve chacun.

★

De cette annexion, résulte, peu docile,
Un titre qu'en mes vers j'ai peine à faire entrer
　　　Si je ne puis, pour m'en tirer,
Mettre ici : *Comédie*, et, plus loin : *Vaudeville*.

★

La Comédie est une. Elle a, pour les plus sots,
De sérieux avis dans ses plus gais bons mots

Qui plaisent même aux gens disposés à s'en plaindre.
Elle est droite, constante, et ne déguise pas
Le but qu'en corrigeant elle voudrait atteindre.

*

Mais dans cet art heureux d'observer et de peindre,
Est-ce avec des *flons-flons* que monsieur Dorilas,
Obligé de toujours minauder et de feindre,
Peut vers le même but marcher du même pas ?

*

Le Vaudeville, lui, leste, pimpant, frivole,
    Se contente de réussir
    Par l'agrément de sa parole
    Qui n'a d'objet que le plaisir,
Et quand, sur le théâtre, ils se montrent ensemble,
Ce sont deux étrangers que l'orchestre rassemble.

*

Gardons, pour ne pas trop amuser l'avenir,
A chacun son langage et le ton raisonnable
    Qu'il convient d'apporter
Dans un monde où l'erreur est tant à redouter,
Et croyons qu'en causant, il n'est pas vraisemblable
    Qu'on s'interrompe pour chanter.

*

    Sinon, bientôt nous verrions apparaître,
    Comme nouvelle invention,
Le *Ballet-Comédie*, et qui serait peut-être
Le plus piquant morceau de la collection,
Puisqu'il nous offrirait en même occasion,
Des comédiens dansant de la belle manière,
Et de braves danseurs écorchant du Molière.

★

Plus sérieusement,
Pour dernier argument
Et revenir à notre affaire,
Si le Théâtre enfin, las d'un trop long délai,
Aspire à progresser et veut se faire vrai,
Qu'il éloigne de lui ces choses convenues,
Par les vieux âges maintenues,
Et qu'un siècle arrivé doit rendre à leur néant
A ce cri de victoire : *En avant! en avant!*

LA PARODIE.

C'est de la *Parodie*, aujourd'hui, qu'on peut dire
Avec pleine raison : « *Elle est morte*, » plutôt
Que de la Tragédie égorgée aussitôt
Qu'au trépas de Rachel il nous fallut souscrire ;
Du moins le Romantique ainsi nous l'assura
Dans tous les comités que tint alors la junte.

*

On ne s'occupe plus de ces souvenirs-là ;
Mais si la *Parodie* est en effet défunte,
C'est qu'elle ne vit pas d'elle-même ; son sort
Dépend (comme Arlequin dirait en sa manière)
D'un ouvrage *un peu plus*, ou bien *un peu moins mort*,
Qui la force à parler ou l'invite à se taire,
Selon qu'il vaut beaucoup ou qu'il n'est bon à rien

*

C'est donc aux œuvres de mérite,
Rares enfants de la race bénite

Qui hante les sommets,
Et craint la flatterie autant que les sifflets,
C'est à ces œuvres-là qu'en veut la *Parodie*,
    Non par acte de perfidie
Qui, disant les défauts, et taisant les beautés,
Cherche un succès cruel dans son talent complice
    Et prend pour acte de justice
    Ses coupables témérités ;
Mais c'est qu'en pareil cas, on juge un édifice.

★

On parodie à peine, on imite, à présent,
    On travestit, on calque, on dénature,
    Pour mieux trouver prétextes à l'injure
Et placer les auteurs sous un joug méprisant.

★

La *Parodie* en souffre et renonce à ses charmes
    Car elle en a, même d'assez puissants
    Quand ses moyens divertissants
Ont l'art de se soustraire à l'abus de ses armes.

★

Ces armes sont, d'abord, de l'esprit à foison,
L'instinct du beau qui mène à juger du contraire,
Un peu d'extravagance et beaucoup de raison
Qui rende, avec l'auteur, sous un même horizon,
    Le Parodiste solidaire :
Le mot qui frappe et conseille à la fois,
Pour montrer que du Pinde on sait à fond les lois ;
Donner à la critique une forme plus ample,
En mettant le précepte à côté de l'exemple,
    Sans prendre une trop grosse voix ;
Vous êtes au théâtre et non pas dans un temple ;

Du sel tant qu'on en veut, pourvu qu'il soit choisi,
Le trait trop acéré caché sous un lazzi ;
Et, par conclusion, de forme expiatoire,
Demander que pour l'heur d'avoir bien réussi,
    La pièce reste au répertoire.

★

    Les choses ont changé.
    Au bout de l'an, à bout d'affaires,
Auteurs et directeurs, chacun est dégagé
    Des procédés dus aux confrères,
Et les rivaux, usant de ce fait belliqueux
    Qui s'intitule une *Revue*,
S'attaquent sans réserve et se gourment entre eux,
Comme si l'ordre était : « *Ereinte, pille et tue !* »

★

    Pareil ouvrage échappe à l'examen,
    Ce n'est Français ni Chaldéen,
Pêle-mêle effronté, tohu-bohu bachique
    Sans nom, sans sexe, sans aveu
    Dans le système dramatique,
    Et qui n'aurait ni feu ni lieu
Si partout le devoir était mis en pratique.

LE MÉLODRAME.

Salut à toi, mon vieil ami,
  La plus ancienne connaissance
Qu'au théâtre avec joie ait faite mon enfance ;
  Qui ne m'a jamais endormi
Comme tant de messieurs de si haute importance
Dont la morgue n'est pas ennuyeuse à demi !

     *

C'est toi qui, le premier, en agitant mon âme,
M'as fait, ainsi que Phèdre, *et transir et brûler*
Aux ardeurs sans pitié de cette vive flamme
Dont chez toi ma raison allait s'ensorceler.

     *

Des noms de tes héros le magique euphonisme
Déjà de tous mes sens troublait le mécanisme,
  Et quand l'infâme Adamastor,
  En arrivant au son du cor,

D'Herménégilde en pleurs accablait la faiblesse,
J'aurais, de mon pupitre, épuisé le trésor
   Pour le punir de sa scélératesse.
      Quelle colère !... Ou bien encor,
     Quand le sauveur de l'innocence,
Tombé dans le torrent sur un air de romance,
      Courait à sec un grand danger,
   Je maudissais en toute conscience,
     Des Professeurs la sotte engeance
Qui n'a pas eu l'esprit de m'apprendre à nager.

★

     S'il arrivait, pendant l'entr'acte,
      Qu'il eut le temps de se noyer,
Je n'avais pas celui de trop m'apitoyer,
Car il reparaissait, bien mis, tenue exacte,
     En bon état, sainement étuvé,
Et c'en était assez pour moi qu'il fût sauvé.
On ne disait par qui, ni de quelle manière,
Ce détail m'eut rendu peut-être plus heureux,
    Mais je donnais, sur ces points vétilleux,
A l'esprit des auteurs ma confiance entière.

★

     Dans ces plaisirs si délicats,
Oh ! que d'émotions jusqu'alors inconnues,
     Me causait avec ses beaux bras,
      La Doyenne des *Ingénues*
     Dont aussi les épaules nues
Me paraissaient l'œuvre de Phidias !

★

Le *Traître* dont les yeux sautaient dans leur orbite,
     Parlait bas, marchait vite,

Entrait tout furieux et sortait radouci,
Espérant ne frapper le vertueux Ermite
      Qui voulait le tuer aussi,
Qu'à la fin de la pièce où tous deux s'embrassaient.
L'histoire, chaque fois, se terminait ainsi.
Mais quels jolis acteurs, et comme ils finassaient !
Raffile, ainsi nommé d'un terme de métier
    Dont il usait quand il était gantier,
Fresnoy, Tautin, Dufrène, et Dupuis, notre Adèle,
Jouant cent fois de suite avec le même zèle
Un beau rôle du poids d'un gros volume entier;
C'était là des talents, et de vrais chefs d'école !

★

J'aurais baisé vingt fois cette enfant, mon idole,
Sans que l'on sût par où, venu dans la maison,
. Pour tourner vivement le plateau du poison
Par un monstre odieux placé sur la console.

★

Lors des combats au sabre, à la hache, au poignard,
    Je priais pour chaque adversaire,
Et ne supposais pas qu'un seul pût se soustraire
    Au triste honneur du corbillard.

★

Qu'elle était belle et longue, ta morale,
    Dans ses conseils si bien placés !
    Et quand nous en avions assez,
    C'est qu'ils étaient de force égale.

★

Et puis, quand la vertu, par un heureux finale,
Triomphait des horreurs du crime terrassé,

Le cœur tout palpitant et le corps harassé,
J'éteignais mon bonheur dans les feux de Bengale.

★

Ah ! que tant douce joie a promptement passé !

★

Sachant ce que peut la cabale,
Lorsque Chénier criait dans le désert
Que tu « *détrônerais un jour la Tragédie,* »
Il ne soupçonnait pas l'effort de ton génie
Qui, sous l'habit bourgeois du Drame peu disert,
Goûte le sel piquant d'une fine ironie,
Et sait à ciel ouvert,
Réaliser la prophétie !

★

Tel un monde nouveau par Colomb découvert !

★

Mais revenons à toi, mon brave Mélodrame,
Du boulevard en deuil, vénérable Nestor.
Ils t'ont pillé, Dieu sait ! Ils te pillent encor.
Par ton nom abrégé, tu n'es plus rien qu'un *Drame*,
Mais dans tous tes cartons ils ont en vain fouillé,
Espérant découvrir la note précieuse
Du peu que te coûtait ta vieille blanchisseuse ;
Aussi, d'un luxe affreux leur théâtre est souillé,
Et ton *Niais* lui-même est mal débarbouillé.
Seulement, de leur style, aux couleurs plus actives,
Ils ont enluminé tes pages si naïves,
Mais tout cela, pour l'heure, est bien entortillé.

Sus donc, enveloppé de ton manteau posthume,
Tu te chauffes au feu que leur audace allume,
      Pareil plaisir est assez doux !
Jouis-en comme un mort, satisfait qu'on l'exhume,
Et vis *incognito*.—Ne dis rien... Taisons-nous ;
Moins on la revendique et plus ta gloire est grande.
Adieu, cher, je te quitte et sors à pas de loups,
De peur qu'on ne me lise ou qu'on ne nous entende.

   (Très bas et revenant sur la pointe des pieds.)

S'ils te font oublier, je veux bien qu'on me pende !

LA PANTOMIME.

L'art n'est pas assez riche, à mon sens, pour laisser
Un seul fleuron se perdre, et quand le fait arrive,
Pourquoi ne pas le ramasser?
La joie au cœur du mal que l'on a fait cesser
Est-elle donc si fugitive?

*

Le Théâtre, cet art si grand, si merveilleux,
Qu'à l'élever plus haut l'effort est impossible,
Éprouve une perte sensible
Dont l'objet fit pourtant l'orgueil de nos aïeux.

*

On offre bien quelquefois à nos yeux
Du Drame et de la Comédie,
Concession faite aux élus,
Nous avons même un peu de Tragédie,
Assez pour qu'on n'en veuille plus.

Mais on n'a point de *Pantomime*,
Ce genre que le peuple avait en grande estime,
Du silence et du geste interprête puissant,
Qui s'adresse sans bruit à notre intelligence
Pour que le cœur réponde à son langage absen
Et place le pouvoir du mutisme incessant
      A la hauteur de l'éloquence.

★

Il n'est plus!... Cependant quelle félicité
      Goûta jadis la foule avide
      Au *Théâtre de la Cité*,
  Lorsqu'entouré d'un spectacle candide,
    Le beau Closel, sur un cheval monté,
      Venait gaîment conter fleurette,
A la pudique enfant du castel redouté
      Dans *Damoisel et Bergerette!*
Ou que *la Fille hussard*, du nom de Pariset,
      A coups de sabre s'escrimait
Contre le vil brigand qu'elle devait abattre,
      En lui demandant en secret
      Sur quel air il voulait se battre!

★

Lafitte aussi, ce Mime aux longs cheveux
      Dont il laissait tomber les tresses
      A la fin d'un duel affreux,
Comme il intéressait le cœur à ses prouesses!

★

C'était fruste, sans doute, et d'un mode arriéré ;
Mais on s'y délassait, d'abord, et j'imagine
      Que le progrès eut bientôt éclairé
L'obscur sentier qu'obstruait la routine.

*

Notre Théâtre alors, resaisissant ses droits,
Comme héritier des plus illustres scènes,
      Eut remis sous ses lois
Ce qu'on applaudissait dans Rome et dans Athènes,
Et le Berger qui veille à ce charmant bétail,
De la privation n'imposant plus les gênes,
Verrait qu'une brebis est rentrée au bercail.

LA PANTOMIME DIALOGUÉE.

Entrez, messieurs, entrez, vous avez sous la main
Un spectacle de ton, jadis, assez forain,
Mais d'appellation un peu plus distingué ·
  Pantomime dialoguée.

★

  En offrant à la fois
Le silence prodigue et l'avare langage,
Il versait l'ambroisie au Public de son choix
    Qui n'en voulait pas davantage ;
    C'eut été de l'abus.

★

  Il adorait *Julie* et *Flore*,
Pour lui Talma vivait dans *Gougibus*,
Et son Fleury se nommait *Isidore*.
  Que dirais-je de *Révalard* ?
Il les résumait tous, c'était le dieu de l'art.

  On a de lui l'attention si franche

Qu'il eut, un jour, dans un département,
    En annonçant que prudemment,
Pour ne pas effrayer le Public du dimanche,
    Un superbe bombardement
    S'effectuerait à l'arme blanche.

*

Quant à la Pantomime avec alinéas,
C'est un genre toujours à l'affut des extrêmes,
Saupoudré de voleurs aux terribles ébats,
De musique, de chants, de danses, de combats,
De fêtes et de morts, d'amour et d'anathêmes,
Où le tyran choisit les chemins les plus longs
    Pour bien cacher ses stratagêmes
    Par le fameux : *Dissimulons !*

*

    Dans ce produit de deux écoles,
    Chacun avait son devoir à remplir :
Les gestes, à propos, reposaient des paroles,
C'était des deux auteurs la moitié du désir ;
Puis, celles-ci, pour n'être point en restes
    Et compléter ce vif plaisir,
    Reposaient à propos des gestes.

*

La source était féconde et chacun y puisait,
La Gaité, la Cité, l'Ambigu, jusqu'au Cirque,
En ont usé. — Tout le monde en avait ;
C'est qu'aussi ce spectacle était très sympathique
    Et vertueux autant qu'il le pouvait.

*

« Pour en juger ainsi, nous dit-on, le prestige
   » De l'âge où tout était prodige

» Agissait sur vos sens, peut-être, et vous montrait
» En beau ce qu'aujourd'hui nous trouverions fort laid.

★

Soit ! comme si du temps l'aîle s'était fermée !
   Mais à moins d'un Décret,
La jeunesse n'est pas, que je crois, supprimée.
Et pourquoi donc, de l'âge écartant le bandeau,
Se croirait-elle aveugle et si mal informée
En trouvant déjà laid ce qui vous semble beau ?

★

  Il est dans la nature humaine
  D'éprouver pour le même objet,
  Même plaisir ou même peine
  Selon qu'inspire le sujet.
  Mais quand l'âge nous met en veine
  Et de sa voix toute sereine
  Nous trace un séduisant portrait
  De la chose la plus vilaine,
  C'est pour toujours, le mal est fait,
Je le concède. — Eh ! bien, laissez-moi vous le dire :
  C'est ce penchant qu'il faut détruire,
  En soumettant à la raison
  Le prisme qui dut nous séduire,
  Pour l'expliquer et nous conduire
Dans les âpres chemins de l'arrière-saison.
Alors, on a le droit de blâmer, pour instruire.

★

  Ceux qui seront plus tard, les vieux
  Connaîtront le prix de nos veilles.
  Comme ils n'ont pas vu par nos yeux,
  N'écoutons pas par leurs oreilles,

Gardons-nous d'altérer l'espoir qui vit en eux,
Le temps où l'on s'abuse est le vrai temps heureux !
Nous éprouvions ce qu'ils éprouvent,
Comme ils auraient senti ce que nous ressentions,
Et le plaisir qu'en ce moment ils trouvent
N'est, aux yeux des vieillards, qu'effet d'illusions.
Des deux côtés c'est un mirage,
Et, pour se bien soumettre à ses solutions,
Les uns n'ont pas assez, les autres ont trop d'âge.

★

Pour s'opposer aux avis partagés,
Est-ce que, dans les arts, tout n'est que certitudes,
Et les goûts n'ont-ils pas un peu leurs habitudes ?
Attendons. — Les jugeurs, prétendus agrégés
Au tribunal d'omnipotence,
Seront, dans dix ans, les jugés
Avec plus ample connaissance.

★

Erreur, crainte, amitiés, haines et préjugés,
Ces esclaves de leur puissance,
De fers si lourds à la fin soulagés
Et de nos vices corrigés,
Peut-être alors, casseront la sentence.

★

Pour arriver *au fait de mon chapon*
(Comme nous dit Perrin Dandin, le cacochyme),
Des désirs du Public tout un passé répond,
Et s'ils pouvaient avoir *en mieux* la Pantomime,
Nombre de grands enfants qu'il ne faut plus sevrer,
D'un théâtre nouveau n'auraient point à pleurer...

Mais chut ! car j'approxime ici telle matière
Que je ne voudrais pas seulement effleurer.

★

Cela me remet en lumière
Cette maxime salutaire
Qu'en chaque chose où l'on doit se mêler,
Il ne faut pas toujours parler,
Et qu'ayant à choisir, le mieux est de se taire.

LE MIMODRAME.

De ton nom composé, dis-moi, que veux-tu faire ?
Comment lui délivrer un passe-port français?
Il est bien du pays si connu sur la terre
Où, par le pseudonyme, on arrive au succès ;
     Mais dans cette honnête galère
     Pour qui le nom est un moyen,
On en voit tant, grand Dieu, qui n'arrivent à rien !

        *

Par toi, *la Pantomime* est volée, et *le Drame*
De son nom tout entier voit figurer la trame
Dans l'affreux barbarisme où tu forges le tien ;
Chose pourtant utile à quiconque sait bien
Le danger que couraient les écrivains infimes
Quand Despréaux allait à la chasse des rimes ;
Malheur au délinquant qui n'était pas titré !

        *

     D'abord, que te dirai-je
De ta grossière affiche où le savoir madré

D'un kilomètre sent le piège
Et nous dispose mal pour le style *illustré?*

*

Dans l'ouvrage le mieux narré
Tu veux, au lieu d'esprit, un bel effet de neige,
Et, pour congédier ton Public effaré,
Le meilleur dénouement te convient moins qu'un siége.

*

Ta prose, de la poudre empruntant le babil,
Impose trop silence à tes coups de fusil,
Pléonasme effrayant! — Ta troupe piétone
Rappelle trop Hercule et ses douze travaux,
Car si tous tes acteurs ne sont pas des chevaux,
C'est qu'ils le veulent bien, mais on le leur pardonne.
Ils n'en viennent pas moins, quand la trompette sonne,
Partager les périls de ces fiers animaux
          En combattant de leur personne,
          Comme s'ils étaient leurs égaux.

*

En revanche, ils ont bien la diction bravache
          De leurs rôles incandescents
Que l'on dirait écrits avec une cravache
          Par des jockeys adolescents.

*

Ce n'est, certes, pas là de la littérature
          Comme on l'entend ailleurs qu'au boulevard,
Ce goût d'un esprit fin, cette chose qui dure
Et finit, à bon droit, par s'appeler *un art ;*
Mais, vu celle qui court, ce n'est vraiment pas pire.

Va, d'après le passé dont tu peux t'honorer,
S'il était du destin de notre pauvre Hégire
De voir le grand vaisseau du Théâtre sombrer
    Nous aurions moins à déplorer
    Si tu restais pour nous redire
    La France et le premier Empire !

L'OPÉRETTE.

Le nom est de Grétry, dont le goût sage et net,
Sur lui-même exerçant toute sa surveillance,
    Et sans marchander l'indulgence,
Appelait *Opérette* un ouvrage incomplet.

*

    Ce mot gentil dépeint au mieux la chose,
      Ne dirait-on pas un jouet
Fragile, vacillant, dont un enfant dispose,
Et qui va se briser pendant le cours trajet
De sa main à la table où la nuit on le pose?

*

    J'ai dit le mot; voici la glose :
L'élève, en commençant, veut faire un opéra...
      Soudain la verve se repose
      Et le génie en reste là.
      Mais faut-il qu'on s'en inquiète?

Belle raison ! le beau motif !
Au lieu d'un corps, nous aurons un squelette,
Et mettant à profit l'heureux diminutif,
D'une œuvre sérieuse, on fait une *Opérette*.

★

Robert-Houdin n'est pas plus fort.
Le tour admis chez tous les mélodistes,
On prend son rang parmi les *grands artistes*,
Et personne ne dit : « Monsieur, vous avez tort. »

★

Qu'est-ce que l'Opérette, avec ses noms en gerbe ?
La sœur cadette du *Proverbe*,
Résidu desséché des cerveaux inféconds,
Fruit sans saveur, œuvre profane,
Que l'art dédaigne et que le goût condamne,
Neige dont l'élément s'évapore en flocons,
Et qui n'a rien du suc de la céleste manne.

★

Sans la musique, en tout petits morceaux,
On les prendrait pour deux jumeaux,
Et s'ils l'étaient, l'un garçon, l'autre fille,
Ce seraient deux morts-nés dans la même famille.

★

On l'accepte, il est vrai ; mais cet acte indulgent
Se propagera-t-il sur la scène future
Où le travail austère, utile, intelligent,
Ne se bornera point à vivre d'aventure

Et saura se soustraire aux ordres de l'argent?
— Non ; ce serait à l'art une trop grosse injure.
    Croyons plutôt, ces temps venus,
    Que la raison ne voudra plus
D'un labeur réprouvé par elle à sa naissance,
    Moyen aisé de succès saugrenus,
Et qui prend sans rougir, pour devise : *Impuissance.*

LA PARADE EN OPÉRA-COMIQUE.

De ton *Tableau parlant* la partition seule,
Bon Grétry, suffirait ici pour m'accuser
D'impardonnable erreur, si ma plume bégueule
A lui payer tribut osait se refuser.
N'est-ce pas un chef-d'œuvre aussi ces mélodies,
Triomphant d'un comique absurde autant que faux,
Qui vont et s'en iront, d'âge en âge, applaudies,
Compléter la grandeur de tes nombreux travaux ?

*

O comme avec esprit ton style sait s'y prendre
    Pour ameuter, autour de ce portrait,
    Le connaisseur qui n'en perd pas un trait,
Et la foule rieuse éprise de Léandre
Parce qu'il berne bien le bonhomme Cassandre !

*

Et lorsque ta dépense est faite sur ce point,
Le génie apparaît dans toute sa richesse.

Du poème incongru l'imbécile faiblesse
      L'étonne et ne l'arrête point ;
Tout est bon dès qu'il peut y déployer ses ailes.
Il sent que, dans un genre inculte jusque là,
Erato peut ouvrir des régions nouvelles,
Et la Muse descend pour dire : « *Les voilà !* »

            ★

   Tu l'as pu voir, d'une ardeur peu commune,
Avant, comme après toi, dans le même chemin,
Quelques-uns ont tenté d'agacer la fortune
      Et n'en ont eu que le dédain.
        Ils s'étaient mis en tête
      Qu'où la bêtise dominait,
       Bien enfoncés dans le sujet,
Il fallait nous donner de la musique bête.
La tienne a flagellé par sa distinction
Le crédit insensé de cette opinion.

            ★

D'autres t'ont mieux compris, et l'avenir propice
      Saura bien mettre sa justice
      A célébrer du même ton
Le trio Boieldieu, Dalayrac et Berton.

            ★

Amis que vous étiez, cette gloire est la vôtre,
      Mais l'ascendant se borne là.
      Le temps lettré n'est plus le nôtre,
      Si beaucoup vient, autant s'en va,
        Les beaux-arts s'annihilent,
      Les grands esprits sont *a quia*,
Le firmament s'éteint et les étoiles filent.

LA PARADE DE LA FOIRE.

—

Le faubourg Saint-Germain, ainsi que Saint-Laurent
    Ont constamment hébergé *la Parade*.
    La foule, alors, s'y portait en courant
Parce que vingt plaisirs la rendaient moins maussade.
    A ses côtés brillait une pléïade
    Dont les écrits caustiques et plaisants,
        Sous des apparences futiles,
        Commençaient par être amusants
        Et finissaient par être utiles,
    Tant la raison s'y joignait à l'esprit ;
Les lettres du Théâtre en faisaient leur profit,
Et les succès menteurs devenaient moins faciles,

*

Piron et Fuzelier, Lesage et Dorneval,
Avec tous les joyeux frondeurs de cette époque,
        Entretenaient cet arsenal
        De leur malice réciproque.

Bien qu'il eût le premier bâton de Maréchal,
    Le grand Voltaire en redoutait l'attaque,
        Il en avait le cauchemar,
        Et par frayeur de la baraque,
          L'invincible César
N'était plus que Scapin tremblant dans sa casaque.

★

Et ce jour-là peut-être il avait décoché
    Contre Fréron à l'agonie,
Quelque trait imposteur bassement raccroché
Dans la fange où souvent il vautrait son génie !

★

    Ah ! depuis lors, comme tout a changé !
    De ces temps-là rien n'est reconnaissable.
    Et si l'esprit n'a pas déménagé,
C'est qu'il trouve chez nous son meilleur comfortable.

LES CHANSONNETTES.

Dans ce jardin des Hespérides
Où croissent, de concert avec ses fruits splendides,
Les palmes, ornements précieux d'un pays,
    Terre promise aux bons écrits,
Une plante incolore, acide et parasite,
    En fraude s'était introduite
Et vivait du dédain qu'elle inspirait aux gens
Pour qui rien n'est plaisir sans un peu de bons sens ;
    C'était *la Chansonnette*.

✱

Elle venait de loin.—Le fameux Café-Yon
    Avait été sa première retraite.
Puis, des événements prenant occasion,
    Sur nos théâtres secondaires
Elle avait consommé la sotte ambition
    De ses tréteaux patibulaires.

On l'a proscrite, on a bien fait,
Sur quel droit sa fortune était-elle fondée?
Son savoir était nul, on ne représentait
Que le fantôme d'une idée.

*

C'était toujours un gros butor
Qui lourdement donnait l'essor,
En patois sans miséricorde,
A son goût pour les yeux d'une grosse butorde
En même cas, c'était aussi
Un soldat bouillant d'héroïsme,
Par de vaillants couplets se jetant à merci
Dans les banalités d'un triste chauvinisme.

*

Et tout ce jeu sans interlocuteurs
Dont au moins la présence
Eut prêté quelque tolérance
A l'intérêt des auditeurs !

*

Que pouvait-on jamais attendre
D'un spectacle de carrefour
Hors d'état de nous rien apprendre
Et qui, dès sa naissance, a duré trop d'un jour?

*

A son broc, ses acteurs ont bu jusqu'à la lie,
Et puisqu'il ne peut plus ainsi les enivrer,
Ce qu'il lui reste à désirer
C'est qu'après l'avoir vu si longtemps, on l'oublie.

LA CRITIQUE.

Après tout ce qu'elle a si bravement souffert,
  . Cette province du Parnasse
  Voit s'effacer de plus en plus sa trace,
  Et s'avance dans le désert.

★

La Critique, il est vrai (c'est à nous de le dire),
A franchi d'un pas large autant qu'impétueux,
  Les limites de son empire
Et provoqué contre elle un retour rigoureux.
 . Mais, pour quelques soldats oublieux par mégarde
  Et dont les bras sont toujours prêts,
   Faut-il que l'on mette aux arrêts
   Tout un régiment de la Garde?

★

Nous avions, à l'époque où se donnaient ces jeux,
Les délayeurs d'eau tiède et les faiseurs d'eau forte
Qu'on aurait bientôt mis tous ensemble à la porte
Si l'on n'eut pas compris qu'on avait besoin d'eux.

Pourquoi donc, de l'excès avoir choisi la route ?
Charybde était fatal, Scylla ne l'est pas moins.
Du naufrage tous deux impassibles témoins,
Ils ont, en même sens, les périls qu'on redoute,
    A savoir, d'un côté,
    L'erreur qui nous abuse,
De l'autre, l'intérêt personnel dont la ruse
    Nous dérobe la vérité.

★

Un mot du Journalisme, en passant, va peut-être
Prouver que de mieux faire il n'est pas seul le maître.

★

Quand Beaumarchais a dit. « *Ma vie est un combat,*
   » *Je me défends à force ouverte,* »
   Il a dépeint, sous sa plume diserte,
Le sort de l'écrivain Critique par état
    Dont les dangers font un soldat.
    L'unique différence,
C'est qu'il lui faut subir la guerre en permanence
Et qu'au lieu de changer souvent de garnison,
    Pour plus de dépendance,
Son service se fait dans la même maison.
Mais la sécurité n'en est pas moins trompée,
    On n'en obtient jamais,
    Et pour écrire en paix,
   Il faut savoir tirer l'épée
Sans rompre tout commerce avec ses pistolets.

★

De ces malentendus la conséquence est claire,
   Disons-le sans détours :

Il manque quelque chose au Code littéraire ;
Mais qui l'y placera pour l'y laisser toujours ?

*

La bienveillance universelle
Assomme le progrès, et du coup le plus prompt ;
Le coursier irait-il au galop sous la selle
S'il ne sentait pas l'éperon ?

*

Dans ces luttes, hélas ! qui ne sont point nouvelles,
Aussi voit-on, faute d'autres secours,
Des réussites éternelles
Qui durent quinze jours.

*

Nous nous applaudissons des grandes découvertes
Qui s'accomplissent aujourd'hui,
Et nous ne voyons pas par combien de nos pertes
Nous payons ce nouvel appui.
Pour ne parler que d'une sorte,
La plus belle moitié des Lettres de ce temps,
Et j'ose dire la plus forte,
A succombé sous vos cris irritants,
Les vers n'existent plus et la prose l'emporte.

*

Ainsi que Sganarelle, en ces matières-là,
Vous faites table rase et *changez tout cela.*
Votre esprit qui chevauche
Déplace chaque endroit :
Ce qu'on savait au côté droit,
Vous le mettez au côté gauche,

Et vous vous prétendez de très grands médecins !
Le pardonnerait-on aux derniers carabins ?

★

Quant au triomphe de la prose,
Il ne fait rien à l'autre cause.
On reverra les vers à leur tour rayonnants
De tout l'éclat de leur couronne ancienne ;
Mais pour qu'on y revienne,
Il faut d'abord des revenants.

★

Nos successeurs sont peu logiques.
Dans le concert de leurs voïx frénétiques,
Ils nous ont reproché nos traits élogieux,
Et, de l'or de nos Saints, ils fabriquent des Dieux !
Où sont donc les croyants ? où sont donc les sceptiques
Car il faudrait s'entendre en ces fâcheux débats ?
Cette chose qu'on dit si coupable en cachette,
Enfin c'est *la Critique* et non *la Cassolette*,
Conformez-vous au mot, ou ne l'employez pas.
Le jour où l'on dira que ce sont les louanges
Qui composent pour nous l'équerre et le compas,
De la plume avec eux acceptant les échanges,
Des maîtres rejetés nous ne ferons qu'un tas,
Dussent mourir de honte Horace et Vaugelas :
Alors, plus de démons, nous serons tous des anges.

★

Voyez ceux d'à-présent, comme ils font ce qui plait !
Grâce à leur *fantaisie*,
Tout est charmant, tout est parfait ;
L'écritoire répand des flots de courtoisie,
On n'a plus d'encre, c'est du lait.

Nous possédons, à les entendre,
Des Fleury, des Contat, des Préville à revendre,
Il pleut des Raphaël et des Paganini,
    Des miracles à l'infini,
Et, s'ils n'ont point donné de rival à Molière,
C'est que l'ami n'est pas homme à les laisser faire.

★

Gloire à ces astres-là logés dans le ciel bleu !
    Mais s'il est bien de les y mettre,
    Il est fort mal d'en adjuger si peu
    A l'inventeur du *Lignomètre*.

Puisque nous y voilà, redoublons notre enjeu.

★

    En y pensant, dans ces sortes d'affaires,
Et la main sur le cœur, sommes-nous *nécessaires?*
Utiles, j'y consens ; mais nécessaires, non,
Depuis qu'en employant les moyens ordinaires,
    On fait soi-même son renom.

★

Nous avons vu tomber, comme au bruit du canon,
    Tant de soi-disants centenaires
        Que la Presse *portait*,
Tant d'autres réussir, que la dame *éreintait*,
Qu'on ne sait vraiment plus quel degré d'influence
Sur l'œuvre de l'esprit exerce sa puissance.

★

    Semblable état est désolant.

★

Ah ! certes, le génie, où le simple talent,
Gémiraient écrasés sous d'horribles servages

S'ils dépendaient de nous plus que de leurs ouvrages !
Mais le Public est là, sincère et vigilant,
Qui, plus maître de soi, tout bénin qu'on le trouve,
Juge moins par autrui que parce qu'il éprouve,
Et sans apprécier la cause ou le moyen,
S'il voit louer par trop les objets qu'il réprouve,
En son esprit fâché Tartuffe se retrouve,
Il sent la coterie et se dit : « J'entends bien,
» *Mais la vérité pure est qu'ils ne valent rien.* »

*

Moralité, bonne à lire sans cesse :
          Pour ces malades de la Presse
Qu'on appelle écrivains, artistes et forçats,
Comme chez les docteurs familiers du trépas,
Et de quelque aiguillon que le danger les presse,
Nos soins guérissent, mais — ne ressuscitent pas.

*

Eh bien ! malgré ce que dit la sagesse,
L'éloge brave, aux yeux des sots extasiés,
Le mépris qu'il inspire à ses rassasiés
Et n'en poursuit pas moins sa tâche dommageable.
Personne ne fait mal, tout le monde est capable,
Et dans notre pays, peuplé de satisfaits,
          Tous les ouvrages sont superbes,
Le génie au marché se vend avec les herbes,
Les airs sont parfumés des senteurs du succès ;
Ce qu'on écrit est œuvre de grand homme,
Ce qu'on dit au théâtre est sublime, ou tout comme ;
          L'esprit qui juge est mal famé,
          Le très mauvais est estimé
          Et le vrai beau dort d'un bon somme
          Avec le goût qui l'a formé.

Pour prévenir l'ombre même du blâme
Qui pourrait faire un mécontent,
La plus douce critique est réputée infâme
Comme un objet à prix coûtant.

★

Voilà d'un tel vaisseau le pavillon flottant
Qu'on nous donne pour l'oriflamme,
Et sur cette mer morte, on navigue en chantant.

★

Dieu le préserve de la flamme!

LES EXCENTRICITÉS.

LA DIGNITÉ DE L'ART MÉCONNUE.

Qu'on ne me parle pas de ces acteurs sans titres
Qui, de l'art outragé font rougir les arbitres,
D'abaissement moral, fauteurs impertinents,
De la langue et du goût, détracteurs permanents,
Vivant du coq-à-l'âne et de la flétrissure
Qu'imprime leur audace à la littérature.
Ces gens affectent trop le dédain du mépris;
Moi je veux m'estimer encore quand je ris.

Non que j'exige d'eux un comique bien noble,
Cela ne se vend pas comme on fait au bazar,
Mais, pour être plaisant, faut-il qu'on soit ignoble?
La scène est un asile et non un Lupanar.

*

En quelque lieu qu'on soit, de rien je ne m'amuse
Si, pour en expliquer la honteuse valeur,
Je dois me ravaler à l'état d'une buse.

Foin de ces vils accès d'une impudique humeur
Corruptrice de l'âge, et d'où l'on peut induire
Que, chez nous, la gaîté n'est plus que le délire !

★

Ces absurdes non-sens, ces propos graveleux,
Ces costumes rêvés, ces dehors monstrueux,
Ne sont toujours pour moi que des jeux de Paillasses
Dont, petit écolier, je fuyais les grimaces,
Et bons à mettre enfin, où, pour en parler net,
Alceste veut d'Oronte envoyer le sonnet.

LA PARADE EN PLEIN VENT.

Il faudrait de bons yeux
A qui voudrait trouver même un air de famille
Entre notre *Parade* où tant d'esprit pétille,
Et celle dont je vais sonder le fond boueux ;
      Mais d'un abus si triste,
On a tant prodigué l'épithète *d'artiste*
A gens dont on voulait se faire des amis,
Qu'afin de tout prévoir, j'en dirai mon avis.

★

Ce qu'en terme d'argot, on appelle *la Banque*,
      Dont l'exercice a pour moyen
La prostitution de l'homme-saltimbanque,
Ramas ordurier, ne peut mener à rien.

★

A monter au théàtre il n'eut pas dû prétendre,
      Mais pour paraître originaux,
      Nos auteurs ont été le prendre
      Sur le rivage des ruisseaux.

C'est me contraindre à l'y surprendre
Pour ne point oublier un seul de mes tableaux.

★

Dans sa vaine espérance,
Au vrai théâtre il voudrait bien s'unir,
Et ne pouvant y parvenir,
Faute d'exacte ressemblance,
Par des détours qui font frémir,
Il en cultive l'apparence.

★

Vieux tapis que jamais ne connut Aubusson,
Orchestre sur le bord, rampe avec des chandelles,
Compères qui d'avance ont appris leur leçon,
Pitre, qui fait l'acteur et singe les modèles,
Usage immodéré des plus vieilles *ficelles*
Et même un peu celui du rouge végétal
Que la brique pilée imite aussi bien mal.

★

Voilà, je pense, assez d'analogie
Pour un soupçon d'identité;
Plus loin, nous pousserions la physiologie
Jusqu'aux confins de la malignité.

★

Ce gueux admis plus au long sur la scène,
N'y dépouillerait pas son caractère obscène,
Car il est né d'un trop mauvais esprit;
Hardi, populacier, plutôt que populaire,
Parlant beaucoup pour cacher ce qu'il dit,
Et, de son voile sale affichant la misère,
Il est joyeux quand l'impudeur sourit.

Ce qu'il a corrigé de sa basse origine
　　Est encor trop pour nos yeux affligés.
　　　Tous ces *Banquistes* engagés
　　　Par un contrat de la famine,
Comédiens de la rue et d'oripeaux couverts,
　　　Ne devraient pas être soufferts,
S'il est vrai qu'entre nous l'humanité domine,

　　　　　　★

Cette Bohême enfin, par son vil attirail
　　　Où la paresse s'enracine,
　　Blesse à la fois, plus qu'on ne l'imagine,
La sainteté des mœurs et celle du travail.

AUX FEUILLETONISTES.

CONSEIL.

Qu'un auteur, quel qu'il soit, donne une comédie,
Écrivez que par lui Molière est distancé ;
      S'il a fait une tragédie,
Dites qu'en ce travail Racine est surpassé.
Lors, vous croirez pouvoir remarquer sans scrupule
Que, *par inadvertance*, il a *peut-être* mis
      Un point, au lieu d'une virgule...

★

C'en est fait ! Tout l'encens que vous brûliez s'annulle,
Et l'ingrat déserteur passe à vos ennemis.
Il vous perdra partout ; vos biens, votre famille,
      Et jusqu'aux gens que vous aimez,
Ne pourront se soustraire aux traits envenimés
Qui sont l'arme de ceux dont la secte fourmille.

★

Qu'en conclure ? Que l'homme est un franc animal
      Qui veut avant tout qu'on le flatte,

Et jamais ne donne la patte
Que pour avoir du sucre, ou bien il fait du mal.

★

Donc, si vous le pouvez, rendez-lui des services ;
Mais prudemment, ne vous livrez pas trop
A l'attrait de ses exercices,
Ils sont souvent fort à craindre. En un mot,
Cédez sans vous défendre au plaisir qu'il convoite,
Et certain d'en tirer quelques sages leçons,
Quand vous lui donnez des bonbons,
Ne videz pas la boîte.

FIN.

TABLE DES MATIÈRES.